LA
PAQUE FLEURIE
DE
1856

LA
PAQUE FLEURIE

DE

1856

POËME LYRIQUE

PAR

J. LE FEVRE DEUMIER.

PARIS

TYPOGRAPHIE DE HENRI PLON,

IMPRIMEUR DE L'EMPEREUR.

RUE GARANCIÈRE, 8.

1856

PAQUE FLEURIE

DE

1856.

I.

Le canon!... le canon!... est-ce encore l'émeute,
Qui, pour les renverser, tient dans nos murs conseil?
De l'aveugle anarchie est-ce encore la meute,
Pour tâcher de l'éteindre, aboyant au soleil?

Est-ce de l'Orient, apporté par la bombe,

Le bruit vaste et profond d'une ville qui tombe?

— Du *Veni Creator*, c'est l'hymne rédempteur.

De ce monde vieilli consolant horoscope,

C'est un enfant qui vient, son père pour tuteur,

Raffermir avec lui les bases de l'Europe ;

II.

Car son père est de ceux que le ciel fit exprès,

Pour ranger, d'un seul mot, peuple ou chose à sa place ;

C'est lui qui, nous rouvrant le sentier du progrès,

Aux laves du désordre a mis son frein de glace ;

Qui, fermant sous nos pas leur cratère effronté,

Dans le gouffre vaincu jeta sa volonté ;

Qui, rendant à la France et son lustre et son titre,

A fait de son épée un arc-en-ciel humain,

Et, par-dessus ce glaive, aujourd'hui leur arbitre,

A dit aux nations de se serrer la main.

III.

Dieu, qui lui confia tant de nobles semences,
Ordonne à la moisson de se perpétuer;
Jaloux d'intervenir deux fois dans nos démences,
Il nous donne son fils pour le continuer.
Enfant élu, qui viens, consacrant la victoire,
Comme le sceau du ciel, poser sur nos traités
Ta petite main rose, où tient déjà la gloire,
Tu rendras vrais ces mots, à l'histoire dictés,
Où, comme s'il était, ce qui sera respire :
Ces mots, qui font la paix synonyme d'empire;

IV.

La paix, protégeant tout de ses mâles regards;
Des ailes de son aigle ombrageant dans nos villes,
Pour le faire mûrir, le grain fécond des arts;
Enchaînant à ses pieds les discordes civiles;

De son soc fondateur défrichant à la fois

Les landes de l'esprit et celles de la terre ;

Aux sources du bien-être, ouvertes par ses lois,

Tâchant que l'Infortune enfin se désaltère ;

Avec une arme d'or chassant la Pauvreté ;

Mais n'en gardant pas moins une autre à son côté.

V.

Sois béni, jeune enfant, qui rassures les pères,

Parce que tu promets de régner sur les fils !

Phare à peine allumé, déjà seul tu suffis

A faire luire au ciel l'aube des jours prospères.

Ta mère, j'en suis sûr, préparant tes succès,

T'aura donné son front, pur miroir de son âme,

Et du Cid espagnol l'héroïsme français ;

Ton père, cet esprit fait de bronze et de flamme,

Qui semble, des grands rois jouant toujours le jeu,

Avoir fait, pour gagner, alliance avec Dieu.

VI.

Grandis, prédestiné, dans ce palais du Louvre,

Qui t'attend pour s'ouvrir : Panthéon de héros,

Sous les frontons duquel serpente et se découvre

Le bataillon sacré de nos vieux généraux :

Ney, Duroc, Masséna, Lanne, Excelmans, Bessière,

Toute la vieille garde aujourd'hui faite pierre,

Mais moins muette encor qu'en face du danger.

Elle est là sur ces murs, sentinelle impassible,

Que la mort désormais ne peut plus déranger,

Pour servir à tes pas d'escorte inamovible.

VII.

Là tu verras aussi se grouper par essaim

Ces rois sans royauté, qu'ont sacrés nos hommages,

Corneille, Montesquieu, Buffon, Pascal, Poussin,

La France résumée en savantes images.

Congrès monumental, assemblé dans ta cour,

Tout ce sénat de marbre est debout pour t'apprendre,

Qu'il dépendra de toi de le doubler un jour.

Le génie appelé ne se fait pas attendre;

Sûrs d'être, en cette vie, honorés comme après,

Quand on leur dit : Venez! les grands hommes sont prêts.

VIII.

Hélas! des jours lointains, que je compte d'avance,

Au début du berceau, que vais-je entretenir

Un enfant, dont mes yeux ne verront que l'enfance,

Et qui naît baptisé des eaux de l'avenir?

Je ne vivrai jamais assez pour le voir homme!

Mais peut-être, en ses jeux, lirai-je le prodrome

De ce cycle prévu, dont je ne serai pas;

Car ils ne sont pas tous qu'un amusant spectacle,

Les jeux, qu'en trébuchant cherchent nos premiers pas;

Souvent mystère, ils sont quelquefois un oracle.

IX.

Va donc, petit garçon qui seras l'Empereur,

Jouer, comme l'on joue avant l'âge où l'on règne.

Trompant l'amer souci, du trône avant-coureur,

Va poursuivre à Saint-Cloud, dans tes bois de Compiègne,

Les oiseaux, comme un jour, plus habile veneur,

Les âmes que l'on prend aux gluaux du bonheur;

Émiette-leur ton pain, comme un jour ta richesse

Émiettera son or aux toits du pauvre; et laisse,

De ta robe, en courant, s'échapper tes bouquets,

Comme un jour, de ta main, les fruits de tes banquets.

X.

Que chacun, dans l'enfant, devine un de ces princes,

Qui, bons parmi les bons, sont forts parmi les forts!

Que ceux qui vont dormir du long sommeil des morts,

Sûrs du soleil fécond prédit à nos provinces,

S'endorment sans souci de leur postérité !

Que les nouveaux venus sur ce globe agité,

Que ceux qui d'en partir ne sont pas encor proche,

Chantent le *Te Deum !* un enfant nous est né.

Mêlez l'encens qui fume aux salves de la cloche :

C'est un sauveur de plus, que Dieu nous a donné !

XI.

Par le ciel envoyé, c'est que le ciel le juge

Digne d'aider son père à rentrer dans le port

Notre arche noire encor des limons du déluge.

Déjà, s'associant aux volontés du sort,

Nous avons vu de loin, une étoile pour guide,

Des souverains venir, sur sa crèche encor vide,

Pour rassurer leur trône, échanger leurs serments.

La Muse y vient aussi déposer, autre reine,

Sa couronne : elle n'est que de fleurs ; qu'il la prenne !

Le Temps, au front des rois, en fait des diamants.

XII.

Enfant, c'est le saint jour de la Pâque fleurie,

Que tu viens de là-haut, comme de Bethléem,

Faire, tout entouré des buis verts de Syrie,

Ton entrée en ce monde et dans Jérusalem.

Que du ciel aujourd'hui tout nuage s'écarte!

Rallumé pour jamais, l'astre des Bonaparte

Reprend enfin de droit racine au firmament.

Comète de salut, dont les feux sont des palmes,

Rien qu'en brillant de loin sur les flots, tu les calmes,

Et l'aquilon captif t'acclame en s'endormant.

XIII.

Le canon!... Maintenant, on sait ce que veut dire

Cet orateur d'airain tonnant dans la cité;

Ce n'est pas, dans nos murs, l'ouragan révolté

Qui revient : c'est l'orage à bout qui se retire.

Ce n'est pas un empire en démolition,

Le Nord, jetant au vent son râle de colère :

C'est l'avenir qui s'ouvre et fait explosion,

Comme, en ouvrant sa fleur, l'aloës séculaire ;

C'est notre ange gardien, du ciel se détachant

Qui vient consolider le monde en y touchant.

16 mars 1856.